Joachim Ringelnatz

Kunterbunte Nachrichten

Briefe aus Berlin
ausgewählt von Muschelkalk

Friedenauer Presse Berlin

Sehnsucht nach Berlin

Berlin wird immer mehr Berlin.
Humorgemüt ins Große.
Das wär mein Wunsch: Es anzuziehn
Wie eine schöne Hose.
Und wär Berlin dann stets um mich
Auf meinen Wanderwegen.
Berlin, ich sehne mich in dich.
Ach komm mir doch entgegen!

An Muschelkalk

Berlin SW, Königgrätzer Str. 77b, 12. Dezember 18.

Mein lieber, guter Muschelkalk, es ist ein Weilchen her, daß ich letztmals Briefe mit Dir wechselte. Aber Treue wohnt nicht im Federhalter, sondern im Herzen. Ich will vor allem hoffen, daß ihr alle gesund durch Krieg, Grippe und Revolution gekommen seid. Aber ich glaube nicht, daß uns die Hungersnot erspart bleibt. Hier in Berlin haben wir schon heute nichts zu beißen, und Schießereien sind auch nichts Ungewöhnliches. Ich sitze jetzt als Marineleutnant a. D. in Berlin bei einer alten Tante und fahnde nach einem Landhaus, weil diese Tante sich und mich in ein ackerbauerndes Stilleben zurückziehen möchte. Wenn Du, lieber Muschelkalk, also einmal von einem hübsch gelegenen Bauernhaus hören solltest, dann bitte benachrichtige mich gleich. Ich wär' ja so froh, einmal wieder meine über Halle, München und Berlin verstreuten Sachen auspacken zu können, um meine unterbrochenen schriftstellerischen Arbeiten fortzusetzen.
Wie geht es euch alten Eisenachern? Grüße alle, die ich kenne. Ich verbleibe mit herzlichen Grüßen,

Dein getreuer

Berlin, 3. Sept. 20

Mein goldiger Muschelkalk,
3 Tage bin ich hier nun u. habe schon so viel Sehnsucht nach Dir, daß ich gleich mal Folgendes mit Dir erwägen möchte: Wie läßt es sich nur deichseln, daß Du bald nach Berlin kommst, vorher aber natürlich möglichst die Wohnungssache dort in Ordnung ist. Ich habe nämlich gestern Abend, nach hartem Kampf mit dem Direktor (Hans v. Wolzogen*) der mich f l e h t e, doch zu verlängern u. bei dem ich auf

* Hans von Wolzogen (1888–1954) – Direktor des Kabaretts »Schall und Rauch«.

5000 Gage f e s t b e s t a n d, für Oktober auch abgeschlossen (M 5000). Aber wir können uns doch nicht für zwei ganze Monate trennen. Also wenn wir eine Wohnung (am besten die für M. 60) haben, schlage ich vor, Du kommst herüber, oder?? Ja, überleg Dir doch mal einen Ausweg, denn mein ganzer Kopf ist wirr. Ich habe gestern einen Nachmittag lang einem Herrn Mehring* Zitate aus meinen Gedichten diktiert. Der will in der »Freien Weltbühne« (eine erste Zeitschrift) über mich schreiben. Auch war ich vormittags bei einem Photographen, der künstlerische Aufnahmen für Zeitungen u. für Postkartenvertrieb von mir macht, natürlich auf seine Kosten. Etc. Meine Romangedanken wollen sich noch nicht kristallisieren. Bei Scherl war ich, aber von dort bekomme ich leider k e i n Geld! Ich sende Dir alle Kritiken, hebe sie bitte auf. Obwohl sie nicht ungünstig sind, ärgern mich doch die mancherlei oberflächlichen und gar ganz einfältigen Bemerkungen. Aber es ist kein böses Zeichen, wenn neben Lobreden auch etwas an mir herumgezupft wird. Totschweigen kann man mich wenigstens nicht. Das Stück »Kulissen der Seele« wird auch lange nicht so gerühmt, wie es verdient, denn es ist sehr schön. – Das Plakat an den Plakatsäulen ist recht bunt und originell. Wenn wir nur erst Wohnung hätten! Wohnung hätten! Wohnung hätten! – Solltest Du an Verwandte oder Bekannte schreiben, so gib ihnen meine Adresse. Am 1. Oktober werde ich freilich wohl zu Oertners** übersiedeln, weil das billiger ist. So, nun habe ich Dir kunterbunt geschrieben, geschäftlich, nicht, wie ich's noch lieber täte, von meinem Herzen u. meiner Sehnsucht nach Dir. Sei mir gut, sei mir offen! Beklage, beschwere Dich frei heraus, wenn Du unzufrieden bist. Und quäle mir nicht unseren Dachs! Wollen sehen, was sich aus dieser Berliner Zeit ergibt. Wenn wir wenigstens ein paar Markchen auf die Seite legen könnten! In herzlichsten Träumen von Dir bin ich

Dein alter

* Walter Mehring (1886–1981) – Schriftsteller.
** Familie Oertner – Zimmerwirte in Berlin.

(Berlin), 4. Sept. 20

Liebstes!
Heute traf Dein Brief vom 31. ein. Du liebes, liebes gutes Hascherl! Hast ja alles gar überbrav gemacht, ganz ausgezeichnet lieb und klug angestellt und mir darüber mit einer von mir hochgeschätzten Ordnung und Umsicht geschrieben. Nimm tausend Dank. Ach, ich vermisse Dich ja auch so, und alles Gute und Schöne, was mir begegnet, genieße ich nur halb, weil Du mir fehlst. Und doch ist auch das ein Geschenk vom Himmel: daß wir einander mit Sehnsucht gedenken! Nimm auch das dankbar hin. Nun will ich auch erzählen und antworten, in jener nur scheinbar trocken kurzen Weise, wegen derer wir uns gegenseitig gar nicht mehr entschuldigen wollen.
Herrn Granach* werde ich wohl auch einmal kennengelernt haben. Schwarzhaarig?! – »Schall und Rauch« haben mir gleich einen neuen Barren zimmern lassen. Man ist dort riesig nett zu mir. Das große Publikum findet sich allerdings noch nicht so in die Daddeldu-Gedichte, sondern lacht mehr über die Turnsachen. Gestern traf ich mich in »Schall und Rauch« mit meinem Verleger Alfr. Rich. Meyer**, der ganz anders aussieht, als ich dachte und kein Jude ist. Er ist 38 Jahre alt, und seine 22jährige Frau, eine interessante Ostpreußin, war auch da.
Guter Muschelkalk, hungerst Du auch nicht? Entbehrst Du viel? Schreibe doch offen. Der Gedanke verfolgt mich stetig. – Wenn wir doch die Georgenstraßenwohnung kriegten!! Wohnung! Wohnung! Und nun Küßchen über Küßchen! Wen du zu grüßen hast, das such Dir selber heraus, aber ganz besonders die Frau Ringelnatz, meinen innigst geliebten Muschelkalk.

Vom … mit der ungebissenen Wange.

* Alexander Granach (1880–1945) – Schauspieler.
** Alfred Richard Meyer (1882–1956) – Schriftsteller und erster Verleger von Ringelnatz.

Berlin (8. September 1920)

Gestern Lokal leer, aber ich wurde doch noch herausgeklatscht ... – Also Du hast mal wieder ein Atelierfest mitgemacht. Gut und lehrsam. Ich höre Dich gern über Deine Eindrücke plaudern und freue mich darüber, wie Deine Briefsprache einfacher, natürlicher und dadurch aufrichtiger wird. Und goldig fleißig bist Du gewesen, mein geliebter Muschelkalk. Kürzlich wachte ich davon auf, daß mich der Dachs in den Hals biß, bei näherer Betrachtung aber war es eine Wanze. Ich hoffe bald nach Oertners umzuziehen. Nun bekommst Du aber einen mächtigen Ausschimpfer von mir: 1. mußte ich 40 Pfg. Strafporto für Deinen letzten Brief zahlen. Na warte!! 2. schreibt die Lehrerin Pieper wörtlich: »Entbehren tu ich außer Dich auch nichts«; »außer Dich« ist herrlich. Na warte!! Hast Du im Simpl gesagt, daß ich länger fortbleibe? Und wie nahm man das auf?
Gestern war ich bei Alfred Richard Meyer, der mir alle seine Bücher schenkte und sehr amüsant und nett ist. Schön Dank für die zugesandte Post, die ich nicht beantworten werde. Fräulein Nyhoff, mir vom Lauenstein bekannt, ist ein ganz frommes Mädchen aus Hannover. Nun sei geküßt, und kratze den Dachs, aber nicht Dich selber.

Dein Dich sehr vermissender

Berlin, 9. Sept. 20. Nachts etwa 12½ Uhr

Eben heimgekehrt, müde, etwas abgerackert, aber doch glücklich, besonders durch Deine liebe, liebe Sammlung von Briefen, will ich Dir unbedingt noch schreiben und antworten. Denn diese Briefe waren – Deine Briefe – waren goldig lieb und echte Töne eines Herzens, das auch mein Herz ist. – Trotzdem und nur, um mein Gedächtnis für geschäftliche Dinge nicht zu überrennen, will ich Sachliches vorwegnehmen. Abendvorstellung war heute, nach meiner Ansicht, nicht sympathisch: Man amüsierte sich über mich aber applaudierte nicht, und das Stück »Kulissen der Seele«, was ich schon zum dritten Male mit gleicher Ergriffenheit anhörte, machte scheinbar auf die große Mitte des Publikums keinen Eindruck. Unberechenbar, seltsam unberechenbar ist das Publikum! Nur der Teufel und kleine volkstümliche Vorstadttingelartisten kennen sich darin aus. Im Publikum saß der Münchner Schauspieler, jetzt Filmer, Weigert und bat mich an den Tisch. An der Kasse sagte man mir, irgend jemand habe meine Adresse erbeten. – Ich schlafe nachts schlecht, wegen Wanzen oder vielleicht auch nur aus Angst vor Wanzen. Und ich freue mich so auf Dich. Wenn's nur a Geld zu verdienen gäbe! Also jetzt Deine Briefe. Ach Kind. Gerade daß Dein Eilbrief nicht mit der regulären Post kam sondern nachmittags, da ich mit keiner Faser so etwas erwartete, gerade das war so herrlich. Denn immer wiederholt: Ich bin so dankbar für Überraschungen und besinne mich auf ein liebes Mädel, das mir rein deshalb fremd, ja feindlich erschien, weil sie nie Überraschungen für mich hatte, nie mir den Beweis für die Fähigkeit gab, sich in mein fernes Dasein hineinzudenken, und nie die schöne Phantasie einer für andere leidenden und denkenden Liebe hatte. – Fleißig bist Du, Liebling! So fleißig! Bravo. Und innigen Dank! Bist es nicht umsonst, auch wenn ich Dir lange nicht oder nie dafür dankte. – Ein häßlicher, uralter, bald sterbender Dachs unterbricht mich und will auf mein Sofa, vielleicht weil er friert oder sein Sterben nahen fühlt, und rührt mich und ist doch so unappetitlich, daß ich ihn auf die Dauer nicht in solcher Nähe dulden mag, während ich z. B. sein teuflisch lautes Schnarchen nachts ertrage. Arme Tiere! – Ich weiß nicht mehr, was ich da neulich an Dich geschrieben habe, von dem Du sagst, es gehe Dir zu Herzen und zeige Dir neue Wege zu meinem Herzen. Aber gut, lieb klingt, wie Du das alles andeutest, meinetwegen stammelst, und es ergreift mich. Und vor allem: Gutes liebes Muschelkalk, hab keine Furcht vor mir! Bitte bitte! Schöpf aus Deinem tiefsten Gefühl, dumm, dann sage ich Dir's, oder kindisch oder linkisch: Immer wird's mich packen und werde ich das Ursprüngliche hoch schätzen. – Und ich habe schon jetzt soviel Blüten aus Deinem Land gepflückt, daß ein schöner Strauß dasteht. – Für manches ist unsere so baldige Trennung auch wertvoll. – Ich küsse Deinen lieben großen Zeh. Die Geschäfte mit den Wohnungen besorgst

Du sehr freundlich, praktisch, lieb, umsichtig, tüchtig, exakt. Gut, gut, gut!! Kohlensorge: ganz besonderes Bravo!! –
Zu Frau Oertner ziehe ich wohl im letzten Monatsviertel. Ach, Du rechnest gut. Lieber Schatz, leidest Du wirklich noch keine Not? Mein Zahltag ist leider erst der 15., aber depeschiere evtl. früher, dann treib ich was auf. Wage es nicht, mir je Butter oder andere Lebensmittel zu senden. Das ist all für Dich. Ich würde es bestimmt sofort zurücksenden! Du mußt doch essen, Du guter Kalk. – Natürlich schreiben wir einander nur mittwochs und samstags. Heute ist Mittwoch, morgen ist Samstag übermorgen Mittwoch. Hör mal: wenn Du nicht wußtest, wer die Nyhoff sei, mußtest Du Dich bald unterbrechen und fragen: »Verzeihen Sie, aber ich weiß gar nicht, wer Sie sind ...« Immer so es halten, Muschelkalk. Das gibt wohltuend freie Bahn. – Wasch Dir nicht Deine lieben Fingerchen durch, fleißige, tüchtige Hausfrau. Auch Mottes Brief ist entzückend. Sind wir nicht reiche Leute, Muschelkalk? Danke Gott! Dich küßt

Dein

Am 10. morgens noch hinzugefügt. Ich habe eine halb schlaflose Nacht verbracht, weil ich einer Wanze auflauerte, die ich in ihrer fremdblütigen Geschwollenheit zerdrückte. Eigentlich müßte ich mich bei der Wirtin beschweren. Aber ich zieh ja doch bald weg. – Aber hör mal: Ich darf Dir doch nicht so oft so lange Briefe schreiben, sondern muß nun endlich mit Dichten anfangen. Verzeihe die Schrift. Mein Füllhalter versagt immer mehr, aber Mutter wird mir den vom Vater schenken. Abermals ein Küßchen.

(Berlin, September 1920) Sonnabend

Mein lieber Muschelkalk,
Oberreich sieht so optimistisch in bezug auf mich und hat auch Dir wohl allzusehr in diesem Sinne geschrieben, daß es gar nichts schaden wird, wenn ich jetzt, nachts, obwohl müde und total verregnet (Schirm?!) heimgekehrt, Dir und auch mir noch einen kleinen

Dämpfer aufsetze. Heute abend wurde ich zum Schluß regelrecht ausgepfiffen. Es war das berüchtigte Sonnabendpublikum. Ich brachte zuerst »Klimmzug«. Bei der (politischen!) Stelle: »Mit gutem Wilhelm herrlichen Zeiten entgegen« stand ein Herr protestierend auf und verließ, einen kleinen Skandal erweckend, den Saal, wobei er eine religiöse! Tendenzzeitschrift »Palmenzweige« von sich warf. Denk nur, wie geschmacklos, feig und dumm. Ich hatte aber die Lacher und Applaus auf meiner Seite. Und dies während der ganzen »Turngedichte«. Dann brachte ich zum Schluß »Daddeldu« und da antwortete das Publikum mit Zischen. Siehste wohl, Madame Ringelnatzen, so launisch ist das Publikum! Aber die Kollegen in der Garderobe trösteten mich, hinweisend, daß so etwas gerade gute Reklame ist. Immerhin ist es dem Direktor gegenüber kein besonders freudiges Gefühl. – Jetzt – ich sitze im Unterzeug vorm Bett, will ich Wasser trinken und ein Butterbrot essen und den »Generalanzeiger« lesen, der eine Kritik über »Schall und Rauch« gebracht haben und, empört über mich, meinen Namen ganz totgeschwiegen haben soll. – Also entschuldige einen Moment:
So, nun las ich das und sende Dir auch diese Stimme. Morgen will ich sehen, mir die »Deutsche Tageszeitung«, das rechtsstehende Blatt, zu verschaffen, das noch mehr über mich und uns schimpfen soll. – Und nun gehe ich allein ins Bettchen und träume von Dir, meinem geliebten Muschelkalk. Ach, manchmal wär's doch schöner, fern von anderen Menschen zu zweit zu leben, aber nur manchmal. Gute Nacht! Gute schöne Nacht! Leidest Du auch keine Not?
Sonntag morgens 9 Uhr. In meiner Stube piepst eine Kanarie, ticken zwei Uhren, nein, drei Uhren, schnarcht ein taubstummer Dachs, duftet mein Kaffee, habe ich aber gar keinen Eßwillen, nur Lust nachzudenken über meine Romanidee, und immer entwischen meine Gedanken, und wenn ich suche, wo finde ich sie? »Mein richtiges Herz, das ist anderswärts, anderswo«. Nun kam die Post und hat mir nix gebracht. Sonst hätte ich mit meiner morgenheiseren Stimme gesungen: Im Prater blühn wieder die Bäume. – So, nun will ich versuchen, das Lastauto Pegasus anzukurbeln:
So, Kind, nun habe ich zwar noch immer keine klare führende Linie

für meinen Roman gefunden, aber manche Gedanken notiert, und ich bin mit jener schönen harten Sentimentalität und Traurigkeit gefüllt, die mein Wesen ausmachen und die Du mehr und mehr an mir erkennen wirst. Gott mit Dir. Dich grüßt

(je zwei Menschen mögen ihren eigenen Prater haben, wo immer oder wieder die Bäume blühen!)

Berlin, 12. September 1920

Liebes Muschelkalk.
Nun spitz Öhrchen. Hoffentlich, hoffentlich, hoffentlich klappt die Wohnungssache so weit, daß Du reisen kannst. Geh doch noch einmal, armes abgehetztes Hascherl, in die Holtzstraße. Ich kann Dich abends freilich nicht gut abholen, aber der Zug trifft hoffentlich pünktlich um 8 1/2 oder wenigstens um 8 Uhr ein. Oh, ich freue mich sakrisch auf Dich. Wirst Du mich auch noch erkennen? Wir sind ja so lang, so lang getrennt. Bruno Frank*, mein Freund, hat ein schönes Jugendgedicht geschrieben, das endet »Du mußt mich sanft, wie eine Mutter küssen. Ich bin so lang, so lang allein gewesen.«
Nun! Gott füge alles wohl!

Nun noch mein Bericht vom gestrigen gefürchteten Sonnabend. Tags war ich schon bei meinem Direktor gewesen, der mir immer wieder wie alle Herren der Direktion seine Sympathie und Hochachtung bezeugt. Abends erzählte er mir, daß der berühmte Schauspieler Paul Wegener** im Zuschauerraum sitze, der habe gesagt: »Ich komme in eure alte Scheißbude nur wegen des Ringelnatz, der soll so gut sein«. Und da änderte ich mein Programm, das ich erst ganz zahm gestalten wollte, in Daddelduisch um. Und Wegener war helle Begeisterung, lud mich nachdem gleich an seinen Tisch zu Sekt und sagte mir dickste

* Bruno Frank (1887–1945) – Schriftsteller.
** Paul Wegener (1874–1948) – Schauspieler, Filmregisseur und Drehbuchautor.

Schmeicheleien. Ich würde über kurz berühmt sein in Berlin und müßte da Geld herausschlagen, einen eigenen Abend veranstalten, etc. Er will mir einen Impresario senden und will auch selber wiederkommen.
Mach's Fenster auf, die Luft wird schlecht.
Gruß. Kuß, Schluß. Viel, rasend viel Arbeit, aber gute Stimmung.

Berlin, 13. 1. 21

L. M.,
Donnerstag nachts 4 Uhr. Ich ging früh schlafen. Da ich aber nicht einschlafen kann, mache ich Licht und Zitronenlimonade und plaudere jetzt zu Dir, die Du Hoffentlich derzeit gut und fest schläfst. Erfolg in »Schall und Rauch« war heute mies. Die anderen Kollegen wollten nachher weitergehen zu einer russischen Neujahrsfeier, aber ich trollte mich heim. Ich hatte aber vordem eine Stunde in einem neuentdeckten russischen Restaurant gekneipt und gedichtet. Wieder vordem – also nachmittags – war ich bei Sch., der sehr freundlich zu mir war. Er hat in Rastenburg seinerzeit als Soldat gedient. – Wo sind meine zwei schwarzen Smoking-Schlipse geblieben, ich finde sie nicht. Aber ich half mir neulich mit schwarzem Selbstbinder. Ich möchte doch, daß wir noch in diesem Monat große Offerten an alle Wiener Kabaretts machen. Ich bin mir aber noch nicht schlüssig, auf welchem Wege, da evtl. Lewin und Dr. R. ein Gleiches tun – und man einer so vielfach angebotenen Ware Mißtrauen entgegenbringen wird.
Wenn Du mal mit Dr. Levin* zusammenkommst, dann frage ihn doch, ob er mir etwas Lektüre leihen oder empfehlen könnte, über Irrenhäusler, z. B. Tagesprotokolle, über Betragen und Psychose von Geisteskranken oder dergleichen. Ich brauche das für meine neue Dichterei, mit der ich schwanger gehe und nun endlich auch im 1. Monat zu sein scheine. Das aber nur gelegentlich. Mein goldiger Liebling, fehlt es Dir dort an nichts? Schreibe doch ja, wenn Du was entbehrst oder gern hättest.

* Ernst Levin, Arzt und enger Freund von Ringelnatz.

Bitte, schraube doch mal eine von unsern Birnen raus – und lies, was darauf steht, also wieviel Volt oder so ähnlich, vielleicht kann ich in »Schall und Rauch« eine Lampe schnappen. – Mich besuchte ein Herr Meise, der versprach mir, Dir Erbsen zu senden, er verspricht aber allen alles. Diesem Herrn Meise hätte ich beinahe essigsaure Tonerde zu trinken gegeben, weil ich die für Steinhäger hielt und erst nachträglich Deine Aufschrift merkte. – Kratz' nicht! – So, gute Nacht! Jetzt schlafe ich weiter. Wenn ich doch mal von Dir träumte. Aber ich träume niemals von guten und schönen Dingen. Nun, dafür ist mein erster Gedanke und Blick nach Erwachen: Steckt wohl ein Briefchen im Türspalt?

Berlin, 3. März 22

Gestern guter Erfolg: 2 Zugaben. Gut besucht.
Ging dann gleich fort und in die »Wilde Bühne«, wo ich mit offenen Armen aufgenommen wurde, und Bendow* und die Hesterberg** in recht gutem Auftreten sah … Es ist unsagbar teuer hier: Elektrische 3,– M., Kaffee 80,–, Butter 56,–. Alles ist verstimmt und über die wachsende große Teuerung deprimiert. In »Rakete« tut man nix für mich, weil das Geschäft auch so geht.

Berlin, 2. März 1923

Ich langte pünktlich 8 Uhr an und war pünktlich in der »Weißen Maus«, die jetzt »Eremitage« heißt und woanders ist. Man gab mir sofort ein Auto nach dem Alexanderplatz, wo ich ebenfalls auftreten muß (im Kabarett Hansa) und zahlte mir auch diesmal das Rückauto. In beiden Lokalen kein Erfolg, obwohl der Direktor behauptet, es sei

* Wilhelm Bendow (1884–1950) – Schauspieler und Komiker.

** Trude Hesterberg (1892–1967) – Diseuse und Schauspielerin, ihr gehörte seinerzeit die »Wilde Bühne«.

Erfolg. Frage doch gleich mal bei Kurt Wolff* an, ob die Bücher schon fertig sind. Ich brauche dann welche! Wegen des zweimaligen Auftretens werde ich hier einen Kampf ausfechten müssen, denn ich habe das nicht kontraktlich. Was ich Dir im D-Zug schrieb, klang gar nicht recht herzlich, verzeihe das, aber meine Nachbarn schielten mir so ins Blatt hinein. Oertners waren nicht da, als ich kam, hatten aber das Zimmer schön hergerichtet und alles fein gemacht. Blumen, Essig, Öl, Zwiebeln, Salz etc. hingestellt und waren nachts dann sehr lieb zu mir. Heute aß ich gut und kaufe mir nun Medizin und werde vernünftig leben. Nachmittags: Hab viel viel besorgt, erledigt, angebändelt. Neuer Posttarif soll am 15. nochmals erhöht werden! Achte darauf!

Berlin, 7. März 1923

Gestern schwer erkämpfter, ziemlich guter Erfolg. Die Streitsache ist beigelegt. Gestern hat mich der Maler Großmann** bei Flechtheim*** gemalt, und zwar will er das Bild seiner Portraitsammlung, (Jannings – Cuno – etc.) einverleiben, die er zur Zeit für Zeitschrift Simplicissimus zeichnet. Das wäre ja sehr schön. Wenn wieder Großgeld einläuft, dann kaufe Kaffee, der heruntergegangen ist. Hier kostet das Pfund 12 000 M.! Und kaufe Franken oder Kronen. Hoffentlich kriege ich bald den Kontrakt für Simpl für Mai, meinetwegen auch für Juni. Innige Küßchen. Ich gehe abends immer im Matrosenanzug fort, so daß ich mich gar nicht umzuziehen brauche.

8. März 1923

Gestern Erfolg schlecht. Ich kriege diese Friedrichstraßen-Leute nicht zu packen. Es ist sehr unerfreulich in diesen 2 Kabaretten. Ich hab Sehnsucht nach einem Briefchen von Dir und bin ängstlich, Du könn-

* Kurt Woff (1887–1963) – Verleger.
** Rudolf Großmann (1882–1941) – Maler und Grafiker.
*** Alfred Flechtheim (1879–1937) – Kunsthändler in Berlin.

test dort Unangenehmes erleiden. Auch die Bayerischen Putschgeschichten gefallen mir nicht. Veranlasse manche Leute, im Simpl nach mir mit verschiedenen Worten zu fragen. Bis wir Kontrakt haben.

Berlin, 9. März 1923

Wie macht sich die neue Kommode? Ich freue mich ja schon so aufs Wiederbeisammensein. Eben bringt Frau Oertner einen Brief von Dir, den will ich gleich beantworten. Hoffentlich bringt er Gutes. Gehe Du (das scheint mir richtiger) gleich in den Simpl und sage Brandl* mit Gruß, wenn er mir gleich zwei Verträge senden wolle, wäre ich bereit, für drei Mindestgagen plus Teuerungszuschuß für Mai/Juni abzuschließen. Ich müßte mich aber bald entschließen. Nein, Ziegelsteine** nicht rückgängig machen. Im Gegenteil! Füße sind normal. Nein, Kokain nehme ich nicht. Jetzt gehe ich Dietzels besuchen. Leb wohl! Viel Dank!

Nachts, ½ 12 Uhr

Ich bin schon zu Hause, obwohl ich heute ausnahmsweise als letzte Nummer in der Eremitage drankam. Hatte in beiden Variétés guten Erfolg mit Zugabe. Das stimmt mich sehr dankbar. Dabei war ich sehr nüchtern. Vorher hatte ich Dietzels besucht, die immer ehrlich und reizend und treu zu mir sind. Auch die meisten Kollegen sind nett zu mir. Nun habe ich mir zu Hause (gegen meine sonstige Gewohnheit) um die Zeit noch einen kleinen Bohnenkaffee gemacht und zwei Spiegeleier gebraten (so lebe ich!) und schreibe Dir, nachdem heute schon ein Brief an Dich abging. Bist Du zufrieden mit Deinem Mann? Ich kaufte heute abend für 15 Mille beiliegende 50000 Kronen (Oesterreich). Bist Du zufrieden mit mir? Goldputthühnchen? Morgen bin ich 10 Tage hier. Und weißt Du, wieviel Hemden ich gebraucht habe? Eins! Und das trage ich noch länger. Weil ich allzeit im Matrosen-

* Carl Brandl – Nach Kathi Kobus Besitzer der »Simplicissimus-Künstlerkneipe«.
** Ziegel – Deckwort für Devisen

kostüm herumlaufe. Ein bissel anstrengend ist die Pendelei, aber ich bin gesund.
Sintenis* hat mir zwei schöne Radierungen geschenkt. Die Hochbahn durch die Friedrichstraße geht jetzt. Die ganze Einrichtung ist imposant. Ich freue mich schon auf Nachricht von Dir. Sei sparsam! Sei tapfer! Sei dankbar und gut!

Dich küßt Dein

Berlin, 10. März 1923, Sonntag

Noch einmal nachts. Du darfst schon zufrieden mit mir sein. Aber ich bin's auch mit Dir. Und wir können und müssen beide zufrieden sein. Denn uns geht's noch sehr gut. Ich sehe, hier und jetzt besonders, viel schlimmes Elend. Und ich spüre, daß wir einer sehr schlimmen Zeit entgegengehen. Sowie der Dollar sinkt, hören die Schieber auf oder verhalten sich passiv, und dann spüren wir das aufgestapelte Elend sich auf uns abrollen. Wie schön sind da schon die kleinen Ersparnisse, die wir machen konnten! Auch mit Kabarettwesen sieht es schlimm aus. – Wollen wir froh sein, wenn der Simpel zusagt. – Mit all dem will ich nicht, daß wir den Mut verlieren sollen. Nur dankbar sein.

Berlin, Königgrätzer Str. 77, b. Oertner, den 9. April 23

Liebes Putthühnchen,
gestern war ich nach Kabarett noch bei Aenne Maenz und bei Schwanecke und trotzdem schon um ein Uhr zu Hause. Einen Beitrag für die »Jugend« zu liefern, werde ich ablehnen müssen, da ich nichts habe. Wie stolz war ich vor vielen Jahren, als zum ersten Male die »Jugend« etwas von mir annahm! Deine Abschrift des Gedichtes »Der Strolch« (das Du wohl ins Hauptbuch eingetragen hast) zensiere ich mit drei, Du freches Gör! Hu, Du bist ja goldig fleißig!

* Renée Sintenis (1888–1965) – Grafikerin und Bilhauerin.

Abends: Ich bin viel herumgehetzt. Viele nutzlose Wege und Telefongespräche. Heute habe ich mir eine Flasche Wein gekauft, die ich jetzt abends zu Hause, dies schreibend und zwischendurch manches andere erledigend, trinke, kurz vorm Auftreten. Da bin ich in guter, weicher Stimmung. Mein lieber Kalk, so, wie ich hier in Berlin lebe, lebe ich ja n u r für Dich und für unser Zusammensein in München. Und ich glaube, dieses Für-Dich-Leben ganz intensiv und mit mancher Einschränkung meiner persönlichen Neigungen und Vorteile betrieben zu haben. Und ich bete auch für Dich, und ich habe manchen Tausender an Arme gegeben und manchmal auch unter mancherlei recht unglücklich gelitten, und trotzdem geht es mir noch viel zu gut. Andererseits sehe ich bei all meinen doch schon ganz ausgesiebten Freunden und Freundinnen nichts, was mich wünschen ließe, meine Verhältnisse mit den ihrigen zu tauschen. Bei keinem! Und unentwegt, nach wie vor, will mich's bedünken, daß, wenn etwas wie ein Stück von Ursache dazu festzustellen wäre, es nur mein Glaube an Gott und an Gottes alles übertreffende Überlegenheit so ermöglichen kann. Sei Du auch bei langer Trennung in diesem und in manchem anderen Sinne recht ringelnatzig, nicht pieperisch, nicht bötticherisch! Gute Nacht, Engel.

Montag, den 16. April 1923

In großer Eile, weil ich so viel zu tun habe. Nur deshalb schrieb ich Dir auch nicht früher. Ich habe in der Verstimmung über den mißglückten Film mich auf die Zeichnerei und Aquarell-Malerei geworfen und in 4 Tagen ca. 40 Bilder, bzw. Skizzen angefertigt. Am Montag, den 23. (abends ½7 Uhr) findet bei Flechtheim eine Ausstellung meiner Bilder statt (und Verkauf an geladene Leute), und gleichzeitig trage ich dort Gedichte vor. Renée und Kikliastro (Chichio Haller*) laden dazu ein. Flechtheim arrangiert alles und bekommt seine Provision. Ich freue mich schrecklich darauf. Die Bilder haben einen sehr guten Eindruck

* Hermann Haller (1880–1950) – Schweizer Bildhauer.

gemacht. Es war eine gute Idee von mir. Jetzt zu Deinem gestrigen und heutigen Brief. Notiere: Reisebriefe Stettin, Finnland erschienen im »Freihafen«, Jahrgang 5 Heft 7. Ich beantworte Dir nur Wichtiges, verzeihe das. Oh, Du goldiges, türkisch-französisches Fleißhühnchen. Mir geht es gesundheitlich sehr gut. Sehr, sehr glücklich bin ich, wenn Du lustig bist und mich necken willst. Ich habe noch ein Gedicht geschrieben. Höchste Eile. Gute Nacht.

Berlin, den 19. April 1923

Mein Geliebtes,
der Dollar steigt plötzlich rapid und wird, paß auf, über hundert kommen. Es ist zu schade, daß ich mein Geld erst am Sonntag bekomme ... Aber unsere Vorräte gewinnen jetzt bedeutend an Wert. Also gestern habe ich die letzten Bilder Renée, damit ist stets auch Hans Siemsen* und Willy** gemeint, vorgelegt. Bis auf drei, die wir ausmerzten, haben sie sehr gefallen. Zwei davon schenkte ich Renée. Ich war sehr glücklich gestern. Renée gab mir und uns zwei Flaschen Sekt zu trinken, und wir hatten uns alle sehr lieb. Sollst Dich aber nicht gleich sorgen, wenn ich mal ein paar Tage nicht schreibe. Noch zehn Tage, dann haben wir einander. Hab heute noch was gemalt und gestern beiliegendes Gedicht gemacht. Schreibe es bitte ab. Ich bin früh aufgestanden, hab ein Fußbad genommen und mir Klopse mit zwei Eiern gebraten und gehe später nochmal schlafen. So präpariere ich mich auf den heutigen Abend. Mir ist so, als würde es bestimmt schön. Ich stecke auch viel Geld hinein. Geschenke für alle Beteiligten. Gestern habe ich an Arme sehr viel verschenkt. Ich hoffe, Du bist gesund und hast keinen Kummer. Laß Dich durchs Wohnungsamt nicht in Deiner Stimmung und Zuversicht unterkriegen. Wenn der dortige Direktor nicht bezahlt, mußt Du das gleich bei der Artistengewerkschaft anzeigen.

Gruß und Kuß, Dein

* Hans Siemsen (1861–1969) – Journalist und Schriftsteller.
** Willy Haas – Herausgeber der »Literarischen Welt«.

Berlin, 24. April 1923

Also, gestern war Ausstellung. Es war ungeheuer aufregend. Ich erzähle Dir mündlich alles. Aber schön war's, nur meine Nerven wurden arg mitgenommen. Das Resultat ist: von ca. 58 Bildern (oder Zeichnungen) sind 35 verschenkt, und die andern übriggebliebenen hängen jetzt in der Galerie. Ich habe an den versteigerten verdient, nach allen Abzügen für Flechtheim, 1 ½ Millionen Mark. Was sagst Du nun zu mir und zu Gott? Nachts schlief ich bei Renée und badete auch morgens bei ihr und finde nun daheim leider wieder kein Briefchen von Dir. Warum schreibst Du nicht? Hast Du auch solche ekelhaften Steuerbogen erhalten wie hier alle Menschen? Solltest Du größeres Geld bekommen, so kaufe Flaschenwein und Schweizer Franken. Renée, die nach wie vor engelsgut zu mir ist, hat mir heute aufgetragen, Dich sehr zu grüßen, wenn ich Dir von gestern berichte. Frau Oertner war über das Flechtheim-Resultat auch ganz berührt und sagte immer wieder: »Wie wird sich Muschelkalk freuen!« Verzeih, wenn ich so viel von diesem Flechtheim rede. Ich schloß den ersten Teil des Vortrages mit dem Gedicht: »Mein richtiges Herz, das ist anderwärts –« Vorläufig lebe ich und beschenke alle Welt auf Pump und kann auch Ziegel noch nicht bezahlen, die täglich steigen. Gute Nacht, schreibe bald

Deinem

Berlin, Mittwoch, 25. April 1923, abends 5 Uhr

Geliebtes Kind,

eben müde von Agenten und vielen Wegen zurück, finde ich endlich Brief von Dir. (Hoffentlich gut!) Alle Welt, die bei dem Flechtheim-Abend war, sagt, es wäre ein fabelhafter Erfolg gewesen. Und ich hätte prachtvoll vorgetragen. Gerüchte über viele, viele Millionen gehen schon um. Heute, weil meine alten Schuhe geplatzt waren und das, was ich zunähte, unterwegs wieder aufbrach, kaufte ich mir für 64 000 Mark neue. Auch Salbe kaufte ich und Geschenke. Morgen ist Arno Holzens*

* Arno Holz (1863–1929) – Dichter und Dramatiker.

60. Geburtstag. Und Du bist so fleißig, so fleißig. Ich rede nicht weiter schriftlich darüber, aber ich verfolge es. Dank, Putthühnchen! Was, wieder neue Stellung, Du Tausendsassa! Bevorzugen gerader Wege: Mein gutes Kind, es ist das Höchste, das einzig Wahre, ist Kunst und Frömmigkeit. Ich bin mit Deiner Abrechnung durchaus einverstanden. Sei guter Laune! Ich hab heute auch sonst viel Schulden vom Flechtheim-Geld abbezahlt. Und ich freue mich unendlich auf Dich.

Berlin, Sonntag, den 14. Oktober 1923

Kam erst um 6 Uhr heim. Ich war mit Zille*, A. R. Meyer und anderen bei einem reichen, aber sehr guten Sänger. Der sang das Lied nachts »Auf den Bergen die Burgen«, daß ich weinen mußte. Nun bin ich 12 Uhr aufgestanden, weil ein dummer Bankmensch mich mit dem Auto abholen und nach Potsdam zu Kiepenheuer** fahren will. (Wenn er Wort hält.) Gemalt habe ich auch schon.

Berlin, Oktober 1923

Abends müde. Traf eben 8 Uhr auf der Straße die Trude Hesterberg, die sehr deprimiert war und zum Rechtsanwalt lief, weil Wreschinsky*** ihre »Wilde Bühne« bedroht. Das sieht schlecht aus für nächsten Monat. Im Film bekamen wir auch kein Geld, sondern erst Montag. Auch St. traf ich eben sehr deprimiert. Er glaubt nicht an eine aussichtsvolle Bilder-Auktion. Die alten Kopfhänger. Ich hatte interessante und spaßige Erlebnisse, als ich während des Filmes in meiner Rolle als wahrsagende Zigeunerin in Großmutterlumpen, geschminkt und mit Warze über die Straße und in die Wirtshäuser ging. Mündlich alles genauer.

* Heinrich Zille (1858–1929) – Maler und Zeichner.
** Gustav Kiepenheuer (1880–1949) – Verleger.
*** Wreschinsky – Direktor des Kabaretts »Rakete«.

Berlin, 5. November 1923, 1 Uhr bei Renée

Du innig geliebte, meine treue Ringelnatzin, heute abend, nein, nachts 12 Uhr, will ich dem Hester-Engel viele ernste und warme Wünsche für unser Glück und vor allem für Deine Zukunft vorlegen. »Schiff ahoi! Bleib mir treu!« und bleib so wahr und fromm, als es möglich ist. Ich habe kein Geschenkchen für Dich. Lange erwog ich, ob ich Dich für zwei, drei Tage herüberholen sollte, aber die Bahn rechnet jetzt nach Goldmark, und ich könnte den Betrag nicht aufbringen. Denn das Geld wird mir und all meinen guten Freunden immer knapper, obwohl ich mich doch, wie Du weißt, genug anstrenge, viel zu arbeiten. Es ist wirklich eine arge Plackerei, alltäglich durch drei Bühnen zu reisen, so daß ich wie Du über den Fortfall des Sketches auch erfreut bin. Aber dieses dreifache Tingeln bringt allerlei Erfreuliches mit sich. So ist es schon köstlich für mich, so abends im Matrosenanzug, Mantel, Schlapphut, mißtrauisch betrachtet durch die ernsten und düsteren oder durch die lauten Verkehrs- und Luxus-Viertel zu fahren. Auch teile ich mir die Zeit in bezug auf Essen und Trinken vernünftig, wobei mich viele, mir wohlgesinnte Leute unterstützen. Vor allem Renée, die mich immer wieder zum Essen einlädt und deren Wohnung, deren Schlafdiwan jederzeit zu meiner Verfügung stehen. Weiss* ist gestern nach Danzig gefahren, um dort den Dampfer »Columbus« mit weiteren Bildern zu bemalen. Nun will Renée auf ein paar Tage an die Nordsee, ist allerdings zur Zeit wegen der wirtschaftlichen Not noch schwer deprimiert. Sie läßt mir einen Schlüssel zu ihrer Wohnung da.

Die häßliche Arbeit für A. R. Meyer habe ich nun hinter mir. Das beiliegende Gedicht »Wirrsal« biete gelegentlich dem Simplicissimus an. Hoffentlich deutet man es nicht politisch aus, denn ich verspüre wirklich keine Lust, wieder mit Behörden in Konflikt zu kommen. Sehr gefreut hat mich die Nachricht, daß bei Brandl gute Aussicht besteht, denn mehr will ich noch nicht hoffen. Ich würde evtl. für zwei Monate abschließen. Oh, was für schöne Monate sollten es werden! Mit Dir!

* E. R. Weiß (1875–1942) – Maler und Graphiker, Mann von Renée Sintenis.

Bei Dir! Und das Weihnachtsfest zusammen. Ich weiß ja auch, mein guter Liebling, wie dringend nötig Du in dieser Zeit jemanden um Dich haben mußt, der Dich tröstet bei all den Schreckensnachrichten und der (eben ein Bettler, dem ich elf Milliarden schenkte! freut mich) mit Dir teilt und bei dem Dein Herz und Dein Du kuscheln kann. Halt aus, und Dich hat unsagbar lieb

Dein

(ohne Ort und Datum, 1923) 9. November, offensichtlich Berlin

Ein liebes Briefchen von Dir. Heute höre ich im Laden, daß in Bayern Umsturz sei. Ich sende trotzdem heute den Wäschesack. Ich esse wirklich viel und gut. Ich kaufte zwei Ziegel und meldete mich für Montag bei einer photographischen Gesellschaft an, die gratis mich für Pressezwecke aufnehmen will. Ach, wie ich mich auf Dich freue! Ich bin jetzt dauernd eingeladen, was ich der Teuerung wegen meistens annehme.
Und nun: Gott mit Dir.
Dein alter, abreisesehnsüchtiger
Anbei ein halbe Billion für Vorräte etc.

Berlin, den 1. April 1925

Geliebtes Kalbshaxe,
bin heute abend hier eingetroffen, weiß aber noch nicht, wo wir Dich dann hier einquartieren werden? Es wird ein teures Wohnen sein. Aber ich freu mich ja so mächtig auf Dein Kommen. Viel Arbeit erwartet mich hier. Aber ich hoffe, hier was extra zu verdienen, auf daß wir wieder in das frühere Sparwasser geraten. Hilf Du auch mit dazu. Notiere: Ölgemälde »Nordsee« für M 100,– an Fa. Türk & Pabst verkauft. Ich küsse Dich von oben bis unten, geliebter Kalk. Beiliegendes Gedicht schreibe mit Hand- oder Maschinenschrift ab und schick es dem Simpl (ist »Chaufeur« richtig geschrieben??).

Dein Ringel Kreutzotz

Berlin, April 1927

Lieber Kalk,
Am 9. beginnt die Ausstellung bei Wiltschek*. Die Akademie hat 3 Bilder angenommen. Im Radio spreche ich am 29. Viel Küßchen. In Eile

Dein

Postkarte, (Berlin, 12. 4. 27 Stempel)

Lieber K.
Die Akademie hat genommen:
1. Nach d. Seeschlacht, 2. Zwei schwere Wolken, 3. Elefant im Sturm. Wiltschek ist bisher sehr nett, nur herrscht dort viel Unordnung. Money bisher nix. Erfolg: Eröffnung vor Geladenen schön. Erste Kritik scheußlich. Hol' Dir am 15. Geld vom Simpl und zahle Schneider.
Innigst

Dein

Renée und Siemsen lieb u. zuverlässig wie immer. Etwas nervös bin ich. Fidibus** hustet Gas nach Explosion des Badeofens!!!! Beherzige!

Berlin, den 27. April 1927

Mein geliebter Goldbürzel!
Du hast viel Liebes mir geschrieben und tust mir in vieler Beziehung leid, aber nun sind wir ja bald beisammen. Ich fahre vermutlich Samstag abends hier ab. Alles ist außerordentlich gut gegangen. Wenn Du mir nicht zu viele Schulden gemacht hast, kommen wir sehr gut aus. Das große, herrliche Berlin hat auch seine Schattenseiten. Nierendorfs*** sind 24 liebe Frösche, sie vermehren sich stündlich. Ich bin nur ein kleiner Frosch. Ich habe soeben einen großen Schwung Post bei ihnen erledigt. Das kleine Nilpferdchen, das mir diese Sachen in

* Rudolf Wiltschek – Kunsthändler und Galerist in Berlin.
** Terrierhund von Renée Sintenis.
*** Joseph und Karl Nierendorf – Galeristen in Berlin.

liebenswürdiger Weise!, wenn auch mit vielen Fehlern, in die Maschine geschrieben hat, kriegt nachher den Popo voll. Ich lege Dir ein kleines Geldchen bei und grüße Dich
in heller Sehnsucht Dein Ringel

Berlin, den 19. August 1927

Lieber Kalk!
Frau Oertner freute sich sehr über Deinen netten Brief. Du wirst wahrscheinlich den Lektorposten bei Wertheim bekommen, Übersetzungen rate ich Dir nur für Wertheim* selber zu machen. Wertheim ist nett zu mir. Ich stecke sehr in Arbeit, aber esse und schlafe genügend.
Wegen der Operette werde ich heute mit Hans Siemsen reden. Er sagte mir telephonisch: sie wäre saudumm, aber genial. Siemsen, Renée, Rowohlt** sind nett zu mir. Rowohlt teilte mir mit, daß mein Buch zu seiner Überraschung sehr gut bestellt würde, er mache auch schöne Reklame dafür. Die Dorfnieren, das heißt in diesem Falle Josef und Gretelwuschelkopf sind unverändert und gleichmäßig lieb zu mir. Die Leipziger Agentin Lange bietet mir täglich 60,– Mk. Ich schreibe aber ab. Du weißt ja, was Leipzig für mich bedeutet. Nun sei von der großen Zehe an über den Popo bis zur Zirbeldrüse geküßt von Deinem

Dich liebenden

(Dieser Brief wurde der Sekretärin von Nierendorf, einer Wienerin, diktiert).

Berlin, den 27. August 1927

Lieber Muschelkalk, mit der Ofensache bin ich einverstanden. Deine Skizze dazu ist sehr schön ... Für die Nüßchen herzlichen Dank. Eines ist für Frau Oertner und das andere für Frau Rowohlt, bei der ich

* Hans Wertheim – Junior-Chef der Wertheim-Kaufhaus-Dynastie.
** Ernst Rowohlt (1887–1960) – Verleger.

heute Mittag esse … An die schönen Tage der Ausstellung denke ich auch oft; aber sieh, nun ist ein Monat bald wieder vorüber. D. Von der Füllfederfirma hat mich besucht und mir eine Brieftasche und ein Notizbuch geschenkt. Du musst sehr nett zu ihm sein. Er sagte, seine Frau freue sich darüber, daß ich ihm immer die Wahrheit sage. Wegen der Literarischen Welt werde ich heute bei Rowohlt Bescheid sagen. Einen Mantel brauche ich nicht. Es wird dort – wie hier – immer regnen. Schwimme viel, und iß Dich mit Weintrauben voll. S. und B. grüße bestens. Ich esse sehr viel. Sei innigst gegrüßt und geküßt, mit Herz und Nierenstein immer Dein …

Rowohlt wird vermutlich das Kriegsbuch (neu gekürzt) bringen. Ich hab auch sonst mancherlei angebahnt. Und ich bin Hester dankbar, und ich liebe Dich so sehr, und Du mußt brav sein und auch weiterlieben

Deinen

Berlin, den 29. August 1927

Lieber Muschelkalk!
Anbei sende ich Dir ein Schreiben der Schlesischen Funkstunde. Ich bitte Dich, mir dieses Schreiben und dafür ausgewählte Gedichte nach Köln zu senden, sowie Du meine dortige Adresse weißt. Bei der Auswahl der Gedichte kannst Du das Berliner Programm und das Münchner Radio-Programm zu Rate ziehen. Auch eine Photographie müssen wir nach Breslau senden, wenn die Sache perfekt ist.
Über die Karte des Kapitän Lauterbach habe ich mich sehr gefreut. Ich danke Dir auch für Deine Agentenbriefe, die mir schon genügen werden. Ich bin nun auch nicht mehr aufgeregt über den Fall. Gestern war ich mit Wertheim-Freunden in Schulzendorf. Wir haben aber nicht einmal beinahe eine Taube geschossen. Ich streichle Dich und lege Dir ein Scheinchen bei. Paul Wegener ist reizend zu mir. Auf das Rowohlt-Buch freue ich mich, und es wird gut gehen. Renée ist abgereist, nach Dresden auf 14 Tage, und läßt Dich noch schön grüßen. In Liebe

Dein Pauthahn.

Berlin, 14. Februar 1930

L. Kalk,
gib dem Bilderrahmen-Händler unsere Berliner Adresse. Er soll die Kiste am 1. März senden. Die Wohnung ist sehr schön. Asta* ist in Dalmatien. Nierendorf sprach ich, auch Renée. Bei Rowohlt ging alles gut. Ich wohne bis morgen im Hospiz. Überarbeite Dich nicht! Kuß und Gruß

Dein

Geliebter Kalk,
morgen, Sonnabend, 10 Uhr früh, fliege ich mit Flugzeug nach Königsberg. Matrosenbuch ist ganz schlecht gegangen. Ja, ich war beim Abschied recht ernst gestimmt. Seltsam wird das in Berlin mit uns werden, darüber sprechen wir mündlich. I love you, so much. Ich habe fürs Telephon einen zweiten Steckkontakt und in die beiden Wandschränke Kleiderstangen und Hutbrett bestellt. Eben sprach mich leider R. an. Wir werden gegen sehr viele Menschen Abwehr treiben müssen, ohne hochmütig zu werden. Schreib mir (ich fahre vermutlich am 20. nach Berlin zurück) – den ganzen Namen von Frau Mayer, auf daß ich einen geschickten Abschiedsbrief schreibe.

Berlin, den 20. Februar 1930

Ach, Du Goldvogel, ich frühstücke mit Hannes Bender** bei Berliner Weiße. Dank für Deine lieben, lieben Briefe. Sieh zu, daß wir nicht länger Miete zahlen müssen, sonst aber sorge Dich nicht. Der Brief von Sonja an Dich ist lieb, Du Schweinsohr. Ich wohne im Hospiz Magdeburger Straße, bis ich Nachricht von Dir habe, ob ich

* Asta Nielsen (1881–1972) – dänische Schauspielerin.
** Hannes Bender – Fotograf.

zu Sonja nach Düsseldorf, drei Tage, fahren darf. Viel habe ich Dir über Königsberg zu erzählen. Bald kommst Du. Wie schön. Tausend Küßchen

Dein

Berlin, 6. Juni 1933

L. K.,
sei herzlichst bedankt für Deinen schönen Eilbrief. Ich schreibe Dir absichtlich nur kurz. Es geht mir gut. Gestern hat mich Hans Siemsen besucht. Abends mit Albert und Asta nett, und heute früh: auf nach Adlershof, wo mich Krügers reizend einluden und mir alles dort zeigten. Ich hörte z.B. einen Funkspruch aus einem über der Mongolei fliegenden Flugzeug. Dann machte ich selbst einen Flug mit einer kleinen Sportmaschine bei sehr böigem Wetter. Bei Peltzer* war ich weder gestern noch heute. Morgen besucht mich Siemsens nochmals. Dir alles Gute! Und grüße die goldigen Ottos!
Ibich habibebi Dibich sobi liebib! Bleib gesund und ruhig

Dein

Eben lese ich in einem Schaufenster, daß auch Schachspiel Pflicht-Unterricht in Schulen jetzt ist.

Eben kommt Dein »Viel-Zettel-Briefchen«, den ich mit Behagen lese, in Badehose und Mal-Mantel mit abgeschnittenen Ärmeln. Gratuliere Dir zu neuen Preisen. Also im Kur-Park mondscheitelt Pautchen! Ich freue mich, daß Du dazu kommst, an der großen Arbeit zu schreiben. Und ich freue mich darauf, die Arbeit mit Dir weiterzulesen. Mir geht's auch gut. Nur Du fehlst an allen Ecken und Ende. Küßchen! Küßchen!

Dein

* Hermann Peltzer – Wirt der Peltzer-Bar in Berlin. Sein Sohn Albert war ein Freund von Ringelnatz.

(ohne Ort und Datum, Berlin, Juni 1933)

L. K.,
Schweinchen grunzte mich an. Dank für zwei liebe Grüße. Herzlichste Grüße an alles, was Otto heißt. Hier ist weder Rowohlt-Buch noch sonst Wichtiges eingetroffen. Bring mir keine Wanzen heim. Du sollst mir übrigens jetzt gar nichts schildern, sondern hinterher erzählen und überhaupt wenig schreiben. Zum Malen habe ich keine Lust, aber ich gehe viel spazieren und bin öfter mit Hans Siemsen zusammen, den ich durch unsere kleinere Kochkiste sehr erfreute. Renée schenkte ich eins von den blauen Matrosentaschentüchern, das gerade zu ihrem Kleide paßte. Ja, die Nachtigallen singen hier, viele und alle das vertraute Lied »Klein-Hühnchen mit dem Sellerie-Kopf«. Es ist heute, Mittwoch, ziemlich still. Gute Nacht, mein Liebling! Hester mit Dir

Dein

So ist es uns ergangen

1933

So ist es uns ergangen.
Vergiß es nicht in beßrer Zeit! –
Aber Vöglein singen und sangen,
Und dein Herz sei endlos weit.
Vergiß es nicht! Nur damit du lernst
Zu dem seltsamen Rätsel »Geschick«. –
Warum wird, je weiter du dich entfernst,
Desto größer der Blick?
Der Tod geht stolz spazieren.
Doch Streben ist nur Zeitverlust. –
Dir hängt ein Herz in deiner Brust,
Das darfst du nie verlieren.

Das Berlin, in das Ringelnatz mit mir aus dem einstmals sehr geliebten München flüchtete, war immer noch das vielgerühmte Berlin der zwanziger Jahre. Wir tauchten fröhlich in dem schillernden Strom dieses für uns neuen Berlin unter. Das Theaterleben, die Kabaretts, in denen Ringelnatz auftrat, die verschiedenen Künstlerlokale, dies alles ist inzwischen in vielen Büchern geschildert worden.
Die materielle Seite unseres Lebens gestaltete sich allmählich ebenfalls erfreulicher. Wir wohnten in einer schönen Atelierwohnung am Sachsenplatz. Wir brauchten nicht mehr Kohlen zu schleppen und Asche aus Kachelöfen herauszuholen. Ringelnatz malte seine Bilder nicht mehr an einem alten Waschtisch mit geborstener Marmorplatte. Er hatte jetzt einen hellen Arbeitsplatz in unserem großen Atelier. Das lang entbehrte Telephon stand daneben, so daß Ringelnatz mich öfters anrufen konnte und nicht wegen jeder Kleinigkeit Wünsche und Aufträge in Briefen an mich weiterzugeben brauchte. Die Hausfrauenpflichten übernahmen wir abwechselnd. Wer gerade Zeit hatte, kochte. Ringelnatz kochte gern und gut. Wenn ich auf dem Heimweg vom Schulunterricht oder aus dem Büro um die Ecke bog, winkte er mir aus dem Dachfenster unserer Atelierwohnung bereits mit dem Küchentuch zu. Bis ich dann um zwei weitere Ecken gebogen war, den Fahrstuhl heruntergeholt hatte und hinaufgefahren war, erwartete mich Ringelnatz am fertig gedeckten Tisch vor dampfenden Schüsseln.
Die Nächte wurden oft kurz, weil wir nach der Anspannung in Kabarett oder Theater meist noch mit Freunden in einem der zahlreichen Künstlerlokale zusammentrafen. Selbst in unserer nächsten Nachbarschaft gab es in einer Eckkneipe einen solchen Treffpunkt. Die Westend-Klause wurde damals allgemein »Hunde-Bar« genannt, weil die Hundebesitzer der Umgegend beim nächtlichen letzten Rundgang dort noch einmal einkehrten. Zu den Neu-Westender Freunden gehörten der finnische Gelehrte Professor Karl Tiander, der russische Schriftsteller Wladimir

Brenner, der Schriftsteller und Kritiker Fred Hildenbrandt und viele andere. In Berlin fühlten wir uns schnell völlig heimisch. Die schon lange bestehende Freundschaft zu Asta Nielsen entwickelte sich zu einer innigen, menschlich, geistig und künstlerisch beschwingten Verbindung. Die festlichen Abende in Asta Nielsens schönem Heim gehören zu meinen reichsten Erinnerungen.
Ein anderes Lokal, in dem wir gern verkehrten, war die Peltzer-Bar in der Neuen Wilhelmstraße, Treffpunkt von Diplomaten und Künstlern. Der Sohn des damals allbekannten Besitzers Hermann Peltzer, Albert Peltzer, hatte vielseitige literarische und künstlerische Interessen und wurde ein guter Freund von uns. Heute liegen die Gräber von Vater und Sohn auf dem Waldfriedhof an der Heerstraße in nächster Nähe des Ringelnatz-Grabes. Auch Paul Wegener, von einer chinesischen Gottheit bewacht, hat dort seine letzte Ruhestätte gefunden. Er war einer unserer treuesten Freunde und hatte 1934 den Mut, am Grabe des verfemten Ringelnatz im Namen aller treuen Freunde die Abschiedsworte zu sprechen. Bald warfen aber auch in Berlin die Hitlerjahre, von denen wir schon in München, ohne die wahren Hintergründe zu ahnen, einen Vorgeschmack bekommen hatten, ihre düsteren Schatten voraus. Alles freie Schaffen wurde erstickt. Ich habe aus dieser Zeit keine Dokumente aufgehoben, weil ihr Besitz zu gefährlich war. Ringelnatz durfte nirgends mehr auftreten. Als er endlich nach der Schweiz engagiert wurde, verweigerte man ihm in Berlin die Ausstellung eines gültigen Reisepasses. Schließlich erhielt er den Paß. Aber es war zu spät. Die fiebrige Erkrankung, von der Ringelnatz in seinem Brief aus Zürich berichtet, war offensichtlich der erste Ausbruch der Tuberkulose. Infolge des Auftrittsverbotes und der Beschlagnahme der Bücher waren wir völlig mittellos geworden. In einem öffentlichen Aufruf vom 7. August 1934 im Berliner Tageblatt, der von Asta Nielsen, Paul Wegener, Rowohlt und anderen nahestehenden Freunden unterzeichnet war, wurde Geld gesammelt, um ihm den Aufenthalt in einer Lungenheilstätte zu ermöglichen. Ich besinne mich, daß viele ärmere Leute, wie zum Beispiel auch ein Kellner der Künstlerkneipe von Aenne Maenz, eine kleine Summe spendeten!
Ringelnatz starb am 17. November 1934 im Alter von 51 Jahren. Bei

der Durchsicht der Briefe an mich fiel mir ein Brief in die Hände, den ich zeitlich nicht einordnen kann, der aber schon in den frühen zwanziger Jahren geschrieben worden sein muß. Er lautet: »Falls ich plötzlich sterbe, geliebter Muschelkalk, sei dann stark, froh und tapfer, Dein Leben weiterzuführen. Es ist nur wie eine Minute, was uns trennt. Und wir liebten uns redlich, und es war eine schöne Zeit. Und Du wirst freundlich an all mein Ich zurückdenken. Und einige kleine Gedichtchen oder Gedanken werden noch längere Zeit weiterleben für Dich. Bleibe redlich und gütig! Für Dich betet Dein Ringel.«

M.

(Leicht gekürzte Fassung aus: Joachim Ringelnatz, Reisebriefe an M., erschienen 1964 im Karl H. Henssel Verlag, Berlin.)

Nachdem 77 Jahre nach Ringelnatz' Tod sämtliche Briefausgaben vergriffen sind (u. a. »Reisebriefe an M.«, herausgegeben von Muschelkalk Ringelnatz, Karl H. Henssel Verlag 1964, und »Briefe«, herausgegeben von Walter Pape, Karl H. Henssel Verlag 1988), erscheint nun 2011 die erweiterte Neuauflage einer Briefauswahl, die 1963 bei der Friedenauer Presse erschienen war. Wo notwendig, wurden für die neue Ausgabe einige der nicht mehr bekannten Namen oder Bühnen erläutert. Eine Anzahl Anmerkungen verdanken wir der umfassenden »Briefe«-Ausgabe von Walter Pape.

Gesetzt in der Janson Text von Pinkuin Satz und Datentechnik, Berlin
Gedruckt bei der Druckerei Conrad, Berlin
Die Bindearbeiten besorgte Lüderitz & Bauer, Berlin
Printed in Germany ISBN 978-3-932109-68-3
www.friedenauer-presse.de